人物介紹

我家鄰居

王媽媽家都是好人，但是來喜例外！
這隻狗專門欺負小孩！

我的家人
奶奶
爺爺
媽媽
爸爸
我 小豬
哥哥 張方豪
這是我跟鄰居壞狗狗的故事。
有好笑、也有感動的地方，
這就是我的日常生活！

目次

鄰居家有惡犬

Neighbor has a fierce dog

1、狗狗用牙齒跟我打招呼

小豬家這邊的小山坡不高，整個社區才二、三十戶人家，就占滿了整個山頭。腳程快的大人五分鐘內就可以從山腳走到山頂，小朋友大概要花一倍的時間吧，女生的話可能就更慢了。

所以小豬從不邀請女生到家裡來，因爲他家住在山頂坡後面，要爬過山頂走下一段小石階才會到他家。站在小豬家屋頂上，可以跟住在山頂的管理員伯伯說哈囉。

山頂有一座水塔，供給全社區的用水。旁邊有一間管理站，表面上只是一間平房，但是它有地下室，裡面還有五十年前留下來的防空洞，連結的地道還可以通到山腳呵！

山頂的大樹落葉都會落到小豬家的屋頂和門前空地，掃落葉是小孩子的工作，所以小豬心裡常會嘀咕：

「要是那棵樹掉下來的是水果就好了，這樣我每天都有新鮮水果可吃。」小豬常常這樣幻想。

不過大樹旁是眞的有一棵果樹——柚子樹，

「那種大到會砸死人的水果，就千萬不要掉到我家來！」

這天下午五點鐘，小豬已經放學回家，在練習寫生字。

「國小二年級的作業……幹嘛都要我寫不會的國字，我跟它們又不熟……」小豬的懶惰習性發作，開始分心東摸摸西看看，就是

不想把剩下的兩行生字寫完，卻又不能不寫……小豬索性整個放空，重新培養情緒，試圖一鼓作氣把國語作業解決掉！

不過奶奶講電話的聲音眞的很大，說的內容更是有趣；

小豬就把頭撇向電話筒，看奶奶在做什麼。

奶奶對著電話筒在作戲表演哩！

臉上表情十足，一隻手指還在捲髮尾，動作就像偶像劇裡的女主角一樣，只是奶奶留的是短短的歐巴桑頭，跟那些長髮飄逸的女主角差很多、非常的多！

「聽說鄰居張媽媽家遭小偷了！來了一大堆警察！」

張太太家遭小偷？
真的呀！
現在她家擠滿一堆鄰居在看熱鬧？
那我就不過去湊熱鬧了，
免得妨礙警察查案。
小豬呀，來幫奶奶一個忙。
先到山下去換一瓶醬油。
順便去張媽媽家看一下，回來再跟我講啊！
好——

「玻璃瓶有點重，尼龍繩網袋都快被擠破了，要小心別碰到其他東西。換一瓶醬油後還會剩幾塊錢，這樣就可以買汽水糖或是芒果乾……嘻嘻。」

小豬才不關心八卦，心裡盤算的是待會退瓶，換完醬油後還剩幾塊錢，可以買哪一種零食……

啪！
啪
啪
啪
啪
啪！
好熱鬧……

繞過家後面的山頭，往下走的石階就可以一路直通到山下，窄窄的石階兩旁住了四戶人家，右邊鬧哄哄、人聲鼎沸的就是張媽媽家——遭小偷那一家。

左邊是王媽媽家，再下去是一戶新搬來的中年夫妻，沒見過幾次，所以不大熟。

石階再下去才又是另外一戶姓王的。

所有人都跑去張媽媽家了，所以路上安靜得出奇，小豬可以一路往下衝，心裡爽翻了。

「哇啊……我要買芒果乾哪……」才沒走幾步路，小豬就已經決定今天要買的零食了。

跑到王媽媽家前，他們家的小土狗來喜突然衝出來狂叫！

小豬興奮過了頭，早忘了每天上下學最怕的阻礙物——來喜！

王媽媽家門前這條路也是來喜守護的地盤。

只要不是王家的人經過，來喜都會衝出來狂吠，所以附近的小朋友都怕牠！

大家都知道經過這條路要特別小心，免得被咬。

啪啪啪啪
！
汪！
汪汪汪
汪汪！
！
啪—
米酒
哐啷—
哐啷—

小豬的零食美夢霎時清醒！嚇了一跳，突然緊急煞車！

腳在石階上滑了一下差點坐倒，手抖了一下還好袋子有抓牢，玻璃瓶在袋子裡「哐啷」兩下，重力作用衝斷了兩條尼龍繩，瓶子由破口滑出，摔破了一個。

另一個空瓶滑到了來喜前面，還好沒破。只是這時候去拿這瓶子一定會被咬！

「毀了……」

媽呀！
現在該怎麼辦？
平時若是王媽媽家有人，都會有人出來看的……
米酒

現在四下無人，鄰居跟警察都走到右邊張媽媽家裡面去了，窄窄的路上，惡犬當前擋住去路，又沒人來解圍，小豬呆住不敢動，怕狗咬他。斷手斷腳回去會沒得交代的呀！

萬能的天神有聽到小豬的呼喚嗎？

哥哥！
走——
走開——
啪！
啪！

過了一分鐘，哥哥從張媽媽家走出來，小豬眼裡的哥哥眞是民族救星，走路的慢動作帥氣極了！只差沒有白鴿子從他背後飛過。

哥哥不怕來喜，斜眼瞧牠一眼，抬起腳來在空中虛晃一下，作勢要踢牠，來喜就往後縮一步。

「原來還有這一招喔！練習伸縮小腿就可以嚇退來喜！」小豬暗暗發誓一定要學會這個新絕招。

空酒瓶脫離來喜的攻擊範圍，哥哥就拾起瓶子；來喜被人踩了地盤，閉著嘴由喉嚨發出不高興的低吼聲：「吼……嗚……」哥哥單手拿著瓶子，慢慢地用瓶子屁股指向來喜，來喜就不敢再叫了！

小豬對哥哥的崇拜如滔滔江水般，湧昇不斷！因爲他沒膽也照這樣子做。

汪！
汪汪汪汪！
要是讓狗知道你怕牠，牠就會狗眼看人低，欺負到你頭上來。
所以對付這種狗，就是牠凶，你比牠更凶！
要在氣勢上蓋過牠，狗就不敢欺負你了。

你不是要去買東西嗎？
嗯，
有我擋著，你快過去吧！
汪！
汪汪汪汪汪！
我在這裡等你，快去快回。
好

嗚…
砍你喔！哈殺！
還叫！
哥—我回來了！

嗚——
還叫！
……
好了，我們回家。
喀嚓——

喀嚓
走開——
哥

哥哥只覺得腳下一涼，被一個濕濕的小嘴包住，濕涼的感覺外還有四個點扣住自己的腳跟，刺刺痛痛的。

「慘了！」

來喜咬住哥哥的腳踝，哥哥用力將狗甩開，痛得抱住了腳哀嚎。

「痛哇！」

兩兄弟趕緊往上坡跑去，心急的想要趕緊遠離那隻惡犬。

兩人甩開來喜往上跑，離開來喜的攻擊範圍後，哥哥才仔細檢查襪子下面的傷勢。

「還好只是勾破襪子擦破皮，回家擦擦藥就好了。」哥哥惡狠狠的怒視來喜。

小豬看見哥哥腳上被咬了四個洞，有血珠從傷口點點滲出，旁邊還有腳拔開的時候擦破皮的痕跡。

「眞的沒事嗎？」小豬心裡想：「哥哥都傷成這樣了，怎麼可能沒關係呢？」

回到家，哥哥馬上用棉花棒沾碘酒擦傷口消毒殺菌。

還好只有破皮，
我會那麼笨嗎？
下次一定要牠好看！
小心又被牠咬喔——
……？

吃過晚飯後，家人把
小板凳、涼椅都搬到門前
的空地上，一邊吃水果，
一邊乘涼賞夜景。
哥哥朝爺爺嚷著要去
夜市……

爺爺！
我們去夜市好不好？我想買皮鞋。

好呀！

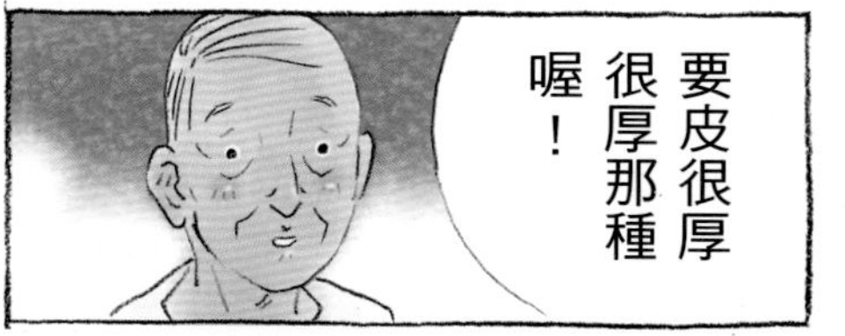
要皮很厚很厚那種喔！

小豬，你不跟我們去嗎？
我……不用穿皮鞋啦……

小豬心裡浮現一種不祥的預感：

「哥哥果然生氣了，而且，明天一定有好戲看了……」

小豬不想蹚渾水，就沒跟去。因爲爺爺回來也一定會帶小零嘴給他。

2、厚皮皮鞋對決來喜

第二天傍晚，小豬來到王媽媽家附近的空地上玩耍，他拿著小鏟子一邊挖泥巴放到小塑膠桶裡，一邊又把泥土裡的小石子挑出來丟掉。小豬的動作不疾不徐，其實他是在這兒等哥哥經過，空地也沒啥可以玩的，只能假裝撥弄著泥土，所以動作還不能太快，要把時間耗到哥哥回來的那一刻才行。

來喜守在門內虎視眈眈，監視門外遠處小豬的一舉一動。

待會就有好戲看了……

「啪、啪、啪——」哥哥的皮鞋聲從石階那邊響起，由遠而近。

來喜也注意到了，牠已經作出戰備狀態，機靈的等著。

遠遠看到哥哥，來喜便衝了出來，堵在路中央，露出牠潔白的牙齒示威。

哥哥也不是省油的燈，他早就準備好要迎戰這一刻，勇猛的賞了來喜一腳！

來喜發揮動物本能，側身曲腰跳開，躲過了這「飛來之腳」。

哥哥又再度挑釁來喜，再次發動飛毛腳第二擊。

狗咬住了哥哥的鞋子，牙齒先在鞋面刮出五條印，再咬實釘到皮鞋裡；狗頭想要甩來甩去，不過哥哥不動如山，還故意把懸空的腳做前後伸展。來喜整個是站起來的，牙齒又被勾在皮鞋上，捨不得放開，只好被牽著鼻子踉蹌的走來走去。

嗚
嗚
嗚
嗚
嗚
嘻嘻……這是我特地挑的厚皮皮鞋，怎麼咬都咬不穿的！
咬不穿？可是會有狗的牙齒印呀！

聽到小豬在一旁的提醒，哥哥突然一愣。

「對喔！」眞不知哥哥是聰明還是少根筋，這時才把腳抽回。

他提起腳來檢查鞋子，鞋上眞的出現了一道來喜的牙齒印，深深的印在鞋面上。

「毀了……這下回去怎麼交代？」鞋頭的牙齒印，就算擦鞋油也遮不住，爺爺的愛心就這樣被糟蹋了……

哥哥還沉浸在懊惱的情緒中，沒想到這時來喜又衝了過來，哥哥半邊的屁股就正好暴露在來喜的攻擊範圍內。

來喜雖然是一隻狗，牠也是有長腦袋的，尤其哥哥跟牠似乎早已經結

下大梁子，逮到了機會，牠當然非得趁機用力咬哥哥一口。

「喀吱！」好大一聲！

「哇——啊！」哥哥也叫好大一聲……然後跳起來！

「撕——！」小豬還沒反應過來，就看到來喜嘴裡啣著哥哥褲子上的一塊布，在地上甩來甩去。

褲子被撕破了……哥哥露出一半的屁股，白白的像饅頭，還有一圈狗狗的牙齒印——凹進去的齒痕裡滲出血絲！

「媽呀！跟狗計較，眞是太不識相了，現在不知道該怎麼收拾……怎麼辦呀？」小豬心裡開始緊張了起來。

還好王媽媽這時及時出現，

「王媽媽，你看！」

跟狗無法溝通，只能跟王媽媽告狀囉。

現實的慘況是哥哥鞋子有牙齒印、屁股被大口啃了一個明顯的印子，褲子破到遮不住。

看見這種景況，王媽媽拿了門邊的塑膠掃把教訓來喜。

「來喜，你怎麼可以咬方華？你太壞了！」

掃把一把掃過去，還沒被掃到，來喜就「噢嗚」哀號一聲，倒下裝死……

「咦？來喜有被打到嗎？」每個人都在懷疑自己的眼睛。

只能說來喜眞的是演技一流。

王媽媽手握著掃帚柄，揮動的動作很大，但要打到來喜時下手就變輕了。這個連小孩都看得出來，只是小豬放在心裡沒有說。

做戲太假沒看頭，還是先看自己的傷

勢如何吧！哥哥轉過身檢查自己的屁股，拉高內褲，來喜的牙齒印清晰可見。

「啊……怎麼辦？咬得這麼深……」

兄弟倆都在擔心回家要怎麼說……場面這麼熱鬧，小豬這時才發現爸爸早就站在旁邊了！

「爸爸提早下班！媽呀！」小豬的心臟差點跳出胸口。

這種情況就真的什麼都不必解釋了……

小豬跟哥哥只能苦笑，裝乖小孩來化解尷尬的氣氛。

還好是在人家家門口，爸爸也不便教訓小孩。只是爸爸很生氣，到今天他才知道自己的小孩有多皮！

「新鞋子搞成這樣子，還能穿出去嗎？」

「褲子也破成這樣，你是跟狗有仇是不是？」

爸爸檢查哥哥的傷勢後，很擔心的說：「咬成這樣，你不怕出事喔？」

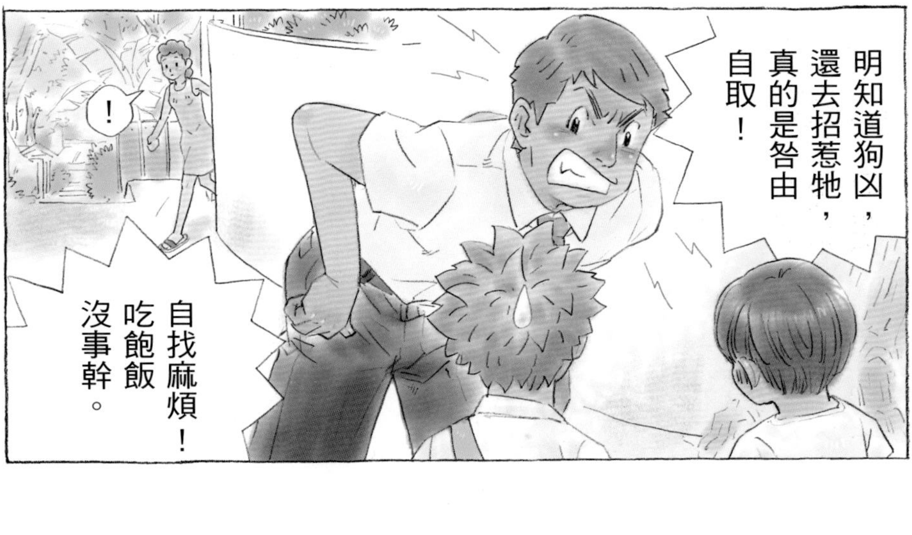
明知道狗凶，還去招惹牠，真的是咎由自取！
自找麻煩！吃飽飯沒事幹。
！

嗚嗚嗚……
好啦，接下來輪到你啦！
我們去醫生那兒打針。
！
我為什麼要打針？
你被狗咬到，要打破傷風、狂犬疫苗啦！
不要—不要打針啦……
哇……
你如果還要小命就聽話！

哥哥一路被爸爸硬拖下山，哀號聲傳遍了山坡。

想起尖尖的針頭要刺進肉裡，然後護士的手再慢慢的把針筒裡的藥水推上來……

小豬光用想的，就覺得肉痛。

而且附近診所的護士打針只打屁股，說是屁股的肉多，打下去不會痛。

誰都知道那是場面話——騙人用的，因爲每次打完坐椅子都要痛好久！

還好不是我被狗咬……
哇——我不要打針！

遭到摧殘回到家後，哥哥一直在思考：

「我們家的掃把跟王媽媽家的一樣，來喜到底有沒有被王媽媽打到？」

「這麼假大家都看得出來，但是被掃把掃到會不會痛咧？」

於是晚飯後，哥哥就約小豬到門前演練一下……

小豬，你過來一下！
怎樣？
我們來實驗一下。
看用掃把掃到會不會痛！
先來猜拳——
啊？

準備好沒，我來了喔——
你輸了，被我打。
這樣有感覺嗎？
好癢，好多灰……
哈啾——
那隻狗真的是表演冠軍，裝死一流！
你們在玩什麼呀？
好會演……

「原來王媽媽只是打狗給外人看，根本沒教訓到來喜！」既然這樣，要對付囂張的狗，哥哥心裡已經有了一個底。

小豬只聽到哥哥在喃喃自語：「來喜，你給我記著！我一定會向你討回公道的！」

來喜根本沒有被王媽媽打到。
好——
給我記著！
你們是無聊沒事做喔？怎麼玩這種秀逗把戲！

3、咬爛哥哥的鞋

哥哥被咬的隔天開始，

王媽媽怕來喜再闖禍，

所以來喜都被拴上狗鏈，沒拴上狗鏈時就會戴口罩。

雖然解除了直接危險，

但小豬經過王媽媽家時，看到來喜衝過來，心裡還是會驚一下。

每次哥哥都匆匆吃完早餐，

然後去準備他的武器，水鴛鴦、大龍砲……

經過王媽媽家的時候就甩一砲進去嚇狗，所以每次只要比哥哥晚上學，就會遇到已經冒火的來喜對人狂吼。

這樣下去也不是辦法，

除了勸勸哥哥之外，

趁沒人的時候我——

小豬也會對來喜進行道德勸說。

可惜來喜聽不懂人話，

每次都凶巴巴的叫，

不然就是把吼聲含在嘴裡，惡狠狠的瞪人。

汪！
汪
汪
哇——
哈哈哈哈
汪汪汪！
哇——

汪汪汪汪—

汪！
汪汪汪
汪汪！
哈哈—

小豬，
水鴛鴦給你。
應該會
用吧？
我不要！
這樣嚇牠，
反而會讓牠
更凶。
你不要啊？
那你有辦法
治牠嗎？
……
順著牠的毛摸，
應該會比較乖吧……
放學來道德勸說一下。

今天又是這樣，

我就重複哥哥昨天說的：

「來喜，要是你再這麼壞，我就要跟王媽媽講，叫她把你給閹了，變成一隻太監狗！」

「你就會變得很娘，你想要這樣嗎？」

小豬邊說還邊比出蓮花指，斜托在腮幫子旁邊，裝娘娘腔的樣子給來喜看。

「把睪丸割掉……太監就是像這個樣子喔！」

「喔——喝喝喝……」

「笑起來就跟東方不敗一樣了喔！」聲音會高八度變尖，像小女生假笑一樣。

汪汪
汪汪汪！
汪
汪
要有信心——
讓牠聽得
懂人話——

「噗哧——」

「咦？誰在笑我？」

有一個人由後山走過來，棒球帽壓得低低的看不清臉，穿著全套運動服，手上提著一個超大包包。那人看到小豬蹲在路中間，所以經過時往左邊一點，靠王媽媽家門前要繞過去。

「是個從沒見過的陌生人，他是誰呀？很少有陌生人會逛到山上來的……」

小豬還在想他會不會是鄰居的新客人時，來喜先聞聞這人的髒布鞋，不到兩秒就已經咬住此人的腳後跟！

沒見過的人……
他是哪一家的客人呀？
嗚……

「哇……咬到鄰居大家都還好商量，咬到鄰居的客人，這下事情大條了！」

陌生人把背包由肩上卸下，往後甩過去，來喜沒閃，直接咬住背包，不但咬住不放，還左右甩來甩去。

拴住來喜的鐵鏈都拉直了，牠四腳騰空，但不放就是不放。

陌生人也拉住背包扯來扯去，想甩開來喜的糾纏。

兩相拉扯，狗狗的鐵鏈勾從牆上栓子鬆脫。

沒了束縛，來喜咬得更緊，使盡全身的力氣扭來扭去。

「啪啦——」

背包破了，裡面的東西叮叮咚咚的散了一地。

珠寶、手錶、金鏈子、鈔票、很眼熟的金假牙，還有一雙厚皮皮鞋。

「咦？厚皮皮鞋？上面還有牙齒印！」

「那是哥哥的皮鞋呀！怎麼會在他的背包裡？不是擺在我們家鞋櫃裡嗎？」

「難道……難道這個人是小偷？」

「啊……第一次遇到小偷，我該怎麼辦才好？」

來喜主攻那隻厚皮皮鞋，叼了就走，對這隻鞋使勁的咬，用力的啃，像瘋子遇到仇家一樣，分外眼紅，連脖子的青筋都浮了出來。

陌生人把袋子的破口向上，要撿回散落在地上的東西。

但是東西到了來喜的地盤就是牠的，誰都不能搶。陌生人膽敢亂來，就會馬上被咬。

於是，陌生人就撈起身邊的狗鏈，用狗鏈纏住來喜的脖子，用力的勒……

來喜哪是這個大人的對手，快要缺氧的臉，連聲音都要發不出來了……

小豬再笨也知再下去要出人命了，趕緊喊救命。

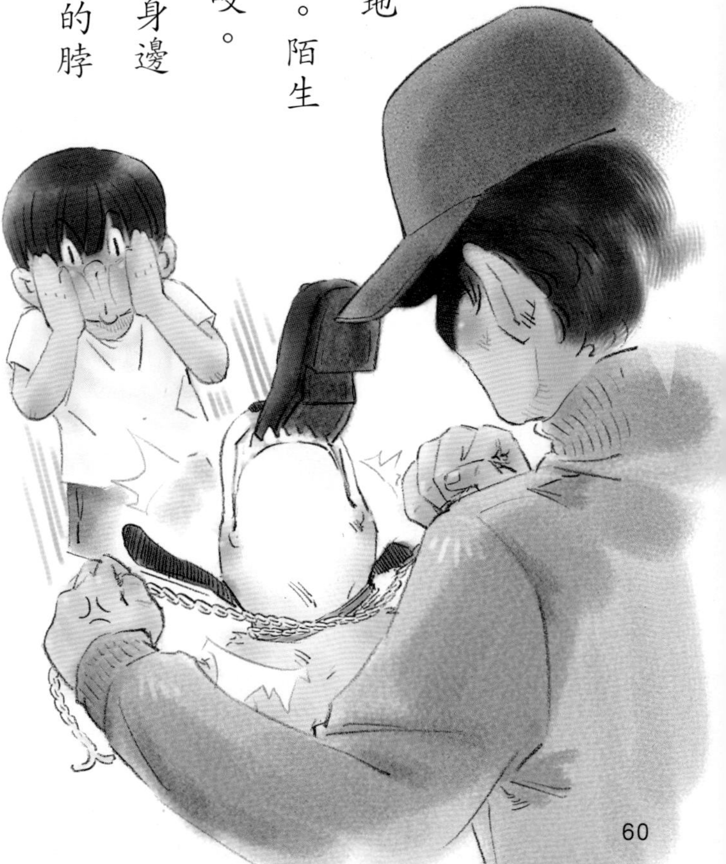

哇……要出人命了！
怎麼辦？
遇到強盜喊搶劫不一定有人會幫你，喊失火就一定會有人出來看的！
失火啦！

你在幹嘛？
你是誰呀？
他是小偷！
啪——

一看到有大人出來，
陌生人就丟下來喜想逃走，
怕警察從下面包抄，小偷就往上跑，
他的背包有破洞，一邊跑，裡面
的東西也一面掉，
沒跑幾步路就看他停住。
小豬見到在家睡午覺的奶奶從前面
跑出來，擋住小偷去路。

你往哪跑！
她是誰？
奶奶嗎？

「咦？這不是奶奶嗎？怎麼頭髮亂亂的像瘋子……沒有牙齒，講話漏風漏風的聽不清楚，只有巫婆才長這個樣子的，電視裡的巫婆都長這樣……」

巫婆指著陌生人說：「就是他！他是小偷！來我們家偷東西，看見我在午睡嚇醒，還叫我不准看他，逼問我家的錢藏在哪裡！」

說完巫婆拿起我們家的平底鍋打小偷，邊打邊罵，越罵越凶越大聲，小豬終於聽清楚巫婆在罵：

「死兔崽子！把我的金假牙還我！」

「我家的平底鍋敲壞了也要你賠！」

「我家的平底鍋？那是媽媽每天早上煎蛋餅的平底鍋呀！爲什麼變成巫婆家的？」

「咦？巫婆跟奶奶很像……還穿著奶奶的衣服……還變成可怕的樣子打人……難道、難道……」

小豬嚇到了。不是遇到警察捉小偷這場面，而是因爲平常慈祥和藹的奶奶變成了瘋婆子巫婆。

小豬放聲大哭，所有人都愣住了。

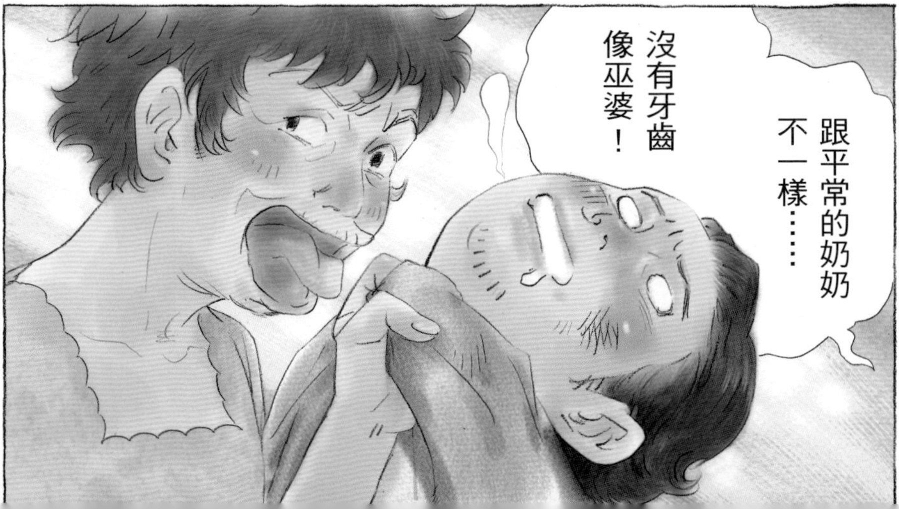

張奶奶，妳的金牙齒……
擦擦
乖孫別怕！
奶奶來了——
嚇——

奶奶用手撥弄散亂的頭髮，短短的髮絲貼回了頭，回復成平常端莊的模樣。

小豬這才敢靠近，抱著奶奶蹭呀蹭。

奶奶捧著臉，睜大眼對小豬眨呀眨。

「巫婆不見了，變成大家熟悉慈祥的奶奶。」原本還有點懷疑的小豬破涕爲笑。小偷也被警察當場逮捕歸案。

……
嗚……
有巫婆……

4、靈犬來喜，騙人！

小偷是慣竊，當場被抓，
一隻惡犬搖身一變成了守戶家園的神犬。
鄰居們口耳相傳，加油添醋，
版本一次比一次更具神話色彩，
而且都還會來向小豬求證，是不是眞的這樣……
「屁啦！來喜哪有這麼神！」

小豬心裡不禁懷疑……
真的嗎？
來喜這麼神勇？
不信你去問小豬呀！
……
外國的靈犬萊西故事背後，
一定也有不為人知的真相——

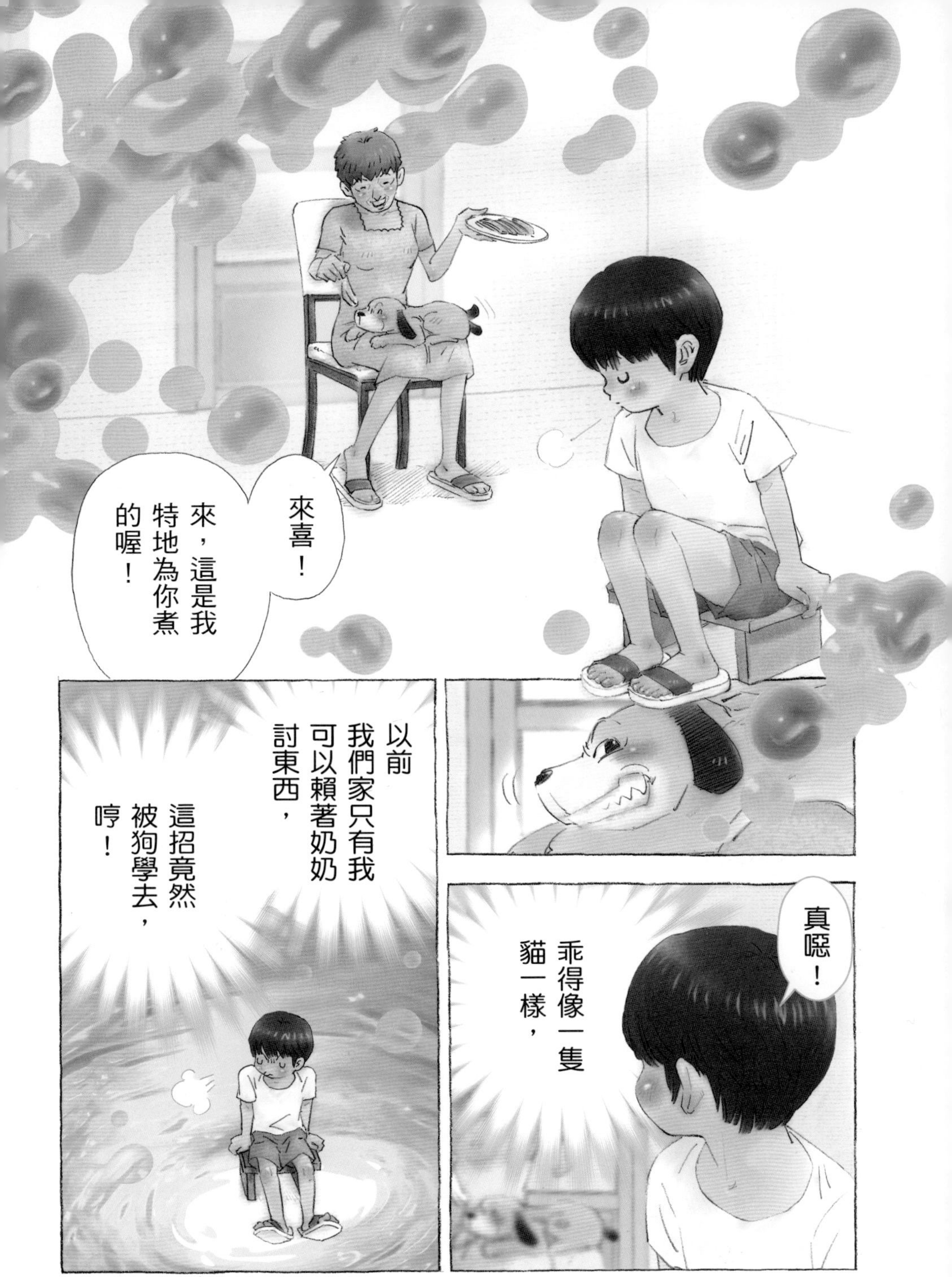
來喜！
來，這是我特地為你煮的喔！
真噁！
乖得像一隻貓一樣，
以前我們家只有我可以賴著奶奶討東西，
這招竟然被狗學去，哼！

啪——
你再不趕快學著長大獨立，那真的是跟狗一樣，
來喜還會幫奶奶抓賊，你咧？你能幫奶奶做什麼？
我啊……
我會兩隻腳走路，來喜不會！
不對，有些訓練過的狗也會兩隻腳走路，
我還會陪奶奶說話、搥搥背、買醬油……

哥哥的當頭棒喝，分明就是給我難堪，我才小二而已，有什麼本事的話，就是天才兒童了，幹嘛拆我的臺，眞是不夠意思。

哥哥知道我在逞強，不跟我一般見識。現在，來喜遇到我們這些小孩子還是一樣狗眼看人低，而且還會對我們狂吼；但是我已經沒那麼怕牠了，我現在是個長大了的小孩！

好鼻師來喜

Good Sense of Smelling

1、狗狗用牙齒跟我打招呼

雖然現在大家都說來喜是靈犬、神犬，

但是附近的小朋友還是很怕來喜跑出來嚇人。

於是王媽媽從善如流，在自己家門兩根門柱中間加了一塊門檔。

門檔不高，大概八十公分高的一塊木頭板子，

可以擋住來喜往外衝的衝動，也不會讓經過的人被狗嚇到。

哇——
王媽媽人真好。
這樣來喜就不會衝出來了！
汪
汪
哈哈
你嚇不到我的！
汪
汪—
！

……
刷—
刷—
汪
汪
我才不理你！
咧—
汪
汪—

不過這隻惡犬還是有點小聰明。

牠會躲在門檔後面突然大叫，或是攀掛在門檔上，露出齜牙咧嘴的表情。

這樣反而更嚇人！

因爲小豬從來不知道狗可以跳這麼高，親眼見識過才曉得——來喜已經學會跳高了！

今天放學，奶奶說她要吃素，所以媽媽晚餐都煮素菜。

但是家裡的小孩還在發育，需要多補充一點蛋白質，媽媽擔心

四塊雞排

小孩抗議，便拿了錢要小豬下山去買雞排，並且破天荒的同意，讓他順便買一罐他愛喝的汽水。

1、2、3、4，小豬買了四塊雞排，邊走心裡邊想：

「爺爺、奶奶不吃，那我跟爸媽哥哥各吃一塊。」

「好高興喔，我有一大塊雞排可以獨享耶！」

拿起一塊雞排，小豬忍不住就先吃了幾口。

「我自己的這一塊我要先吃……嘻嘻！」

越吃是越順口，味蕾浸滿濃濃的肉汁油香，每咬一口都覺得好滿足，小豬開心到整個人都快飄了起來——

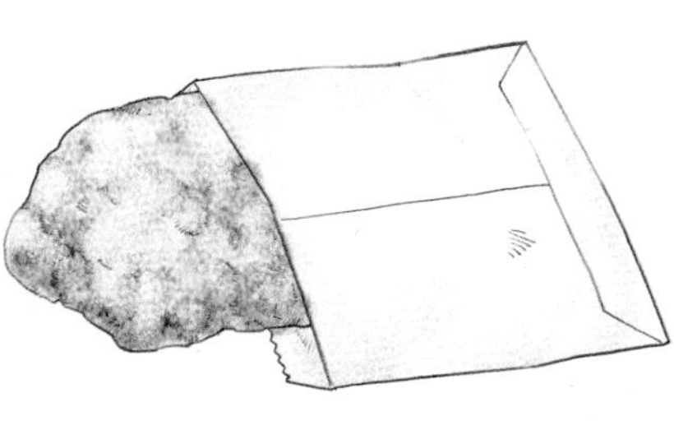

香香雞排城
下次
再來喔——
雞排
45元
COLA

小豬邊走邊吃，
踏著輕快的腳步走到了山下，山下有
一條小溝，上面是一條四公尺長的小橋。
黃昏暖暖的紅太陽，曬在小豬幸福的
臉龐上，讓人心曠神怡。
小豬吞下口中的雞肉後——
……
好吧，我今天心情好，
要試一試自己的能耐，
就閉著眼睛走過這座橋！

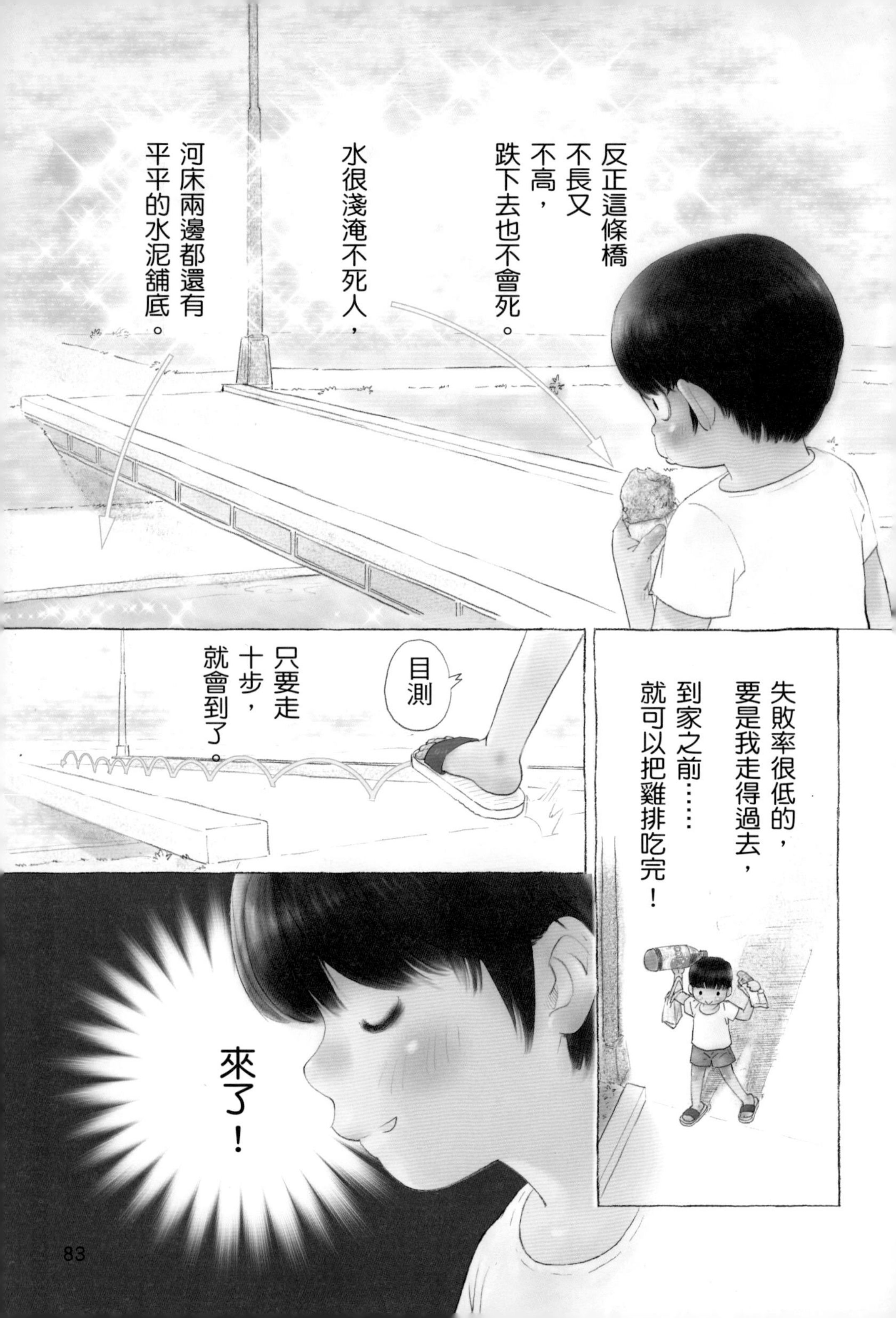
反正這條橋不長又不高，跌下去也不會死。
水很淺淹不死人，
河床兩邊都還有平平的水泥舖底。
失敗率很低的，要是我走得過去，到家之前……就可以把雞排吃完！
目測
只要走十步，就會到了。
來了！

2、易如反掌的事

小豬走到橋頭。停了一下，看準目標目測完畢——走十步就可以走到呢！

深呼吸一口就閉起眼睛，跨出他的第一步！

頭一步、兩步還有點怕怕的，第三步就踏實多了。

心安就邁開大步向前走，

雖然眼睛閉著，但心裡卻肯定只要走直線，目標幾步路就到

啦……

「就是這麼簡單！」

安步當車，距離、步伐都估量好了。

十拿九穩的！

喜悅上了心頭，得意的踩著五、六步；再走個七、八、九、十步就可以睜開眼了！

大步又跨出去，一陣涼風拂過腳踝……咦？怎麼沒碰到地？

明明是走直線……每一步的時間差應該一樣呀！

怎麼這一步踏進了閉著眼睛的黑暗裡？

沒人知道這是怎麼回事，反正閉著眼睛都像在做夢。

夢裡像腳長了翅膀走入雲端，微風徐徐吹動髮梢。

汽水開出的噴泉花噴灑在空中，到處都是香甜的汽水泡沫，是一種嘉年華會的快樂氣息。

還有仙女的彩帶拂過我的腳邊……小豬愛死這種感覺了！

「咦？」

「臉濕濕的，誰在親我？柔軟滑潤的舌頭在我的嘴唇上打轉。」

「我躺在哪裡？怎麼還有人在親我的嘴？」

不是人！是動物！

「是狗！是來喜在舔我嘴邊的炸雞肉汁！」

COLA

小豬睜開眼，發現自己看著星星，天黑了！

坐起來發現屁股好痛……

來喜舔不到嘴，開始去咬小豬手上吃過幾口的雞排紙袋。

「走開！」

「我怎麼會躺在河床上？明明走得過去……爲什麼會掉下橋來？」

小豬又疼又懊惱，嘴巴不聽使喚抖了起來，眼淚也撲簌簌的掉出眼眶……好討厭的感覺喔！

灰頭土臉的小豬坐在河床上，還不知怎麼爬上去，旁邊一隻成事不足、敗事有餘的來喜，繞來繞去只想吃他手上的炸雞排！

我怎麼會
躺在這裡？
怎麼會
這樣……
嗚……
我明明可以
走過去的呀！

手心握不住的肉塊已經被牠啃了好幾口，還好掛在手腕上的塑膠袋口有打結，不然現在早都是來喜的口水。

「好啦！給你吃啦！」

小豬撐起身子，含著滿眼淚水爬起來，摸黑尋找爬上去的路。來喜在一邊津津有味的吃著得來不易的香酥雞排。

怎麼辦？這麼黑找不到路上去！

眼淚模糊了視線，越急就越慌張難過……

「小豬？」

橋上路燈下一個背光的身影，輕輕呼喊著自己的小名——是爸爸！

「救星來了！」

小豬回頭望，看到是爸爸，小豬眼睛裡滿是閃閃的淚光。

「你怎麼坐在橋下哭呢？」

小豬才一開口，就發現自己的聲音是顫抖的：「我沒有哭……」

聽在爸爸耳裡，很明顯的知道小豬是在哭泣。

小豬？
……

「還坐在那邊幹嘛？趕快上來呀！」

「可是要怎麼上去？」

小豬根本找不到路爬上斜坡，兩腿也軟軟的沒力氣。

還要控制情緒，不要讓眼淚掉下來，

只要眼淚沒有掉出眼眶就不算哭。

雖然假裝堅強，但是雙手在草叢裡怎麼找就是摸不到上去的路。

「你還在摸什麼？快上來呀！」

「我……」小豬也很著急，但就是沒辦法上去呀！

一著急，就又是一身汗和滿眼的淚水。

來喜吃完雞排，舔乾淨包裝油紙，啪、啪、啪——踏著從容的步伐走過小豬面前，很輕易的爬上斜坡。

小豬也照著來喜走過的路，半跪半爬的爬上路面。

「你怎麼會掉下去呢？」爸爸很疑惑的問。

「就……想閉著眼睛過橋，沒走好就掉下去了……」

「好了，你有沒有事？」

再說話就要哭出來了，小豬只好搖搖頭。

「沒事我們就回家了喔！」

「嗯——」忍住、忍住！哭出來就不像個男孩子。

小豬牽著爸爸的手慢慢走回家。

快到家時，小豬忍不住偷擦淚水，還是被爸爸瞧見了。

咦？
不是沒事，你幹嘛流眼淚！
屁股痛……
那要不要去給醫生看一下？
不要！
我不要打針！

小豬跟哥哥一樣，怕死了打針！這下再也忍耐不住就哭出來了。

爸爸很無奈，爲什麼家裡兩個小男生都這麼怕打針？

但是不管小豬怎麼哭，爸爸還是在路燈下脫了小豬的褲子檢查，看看有無問題。

「好啦！沒事了！回家吧。」

「再觀察幾天，如果有事就眞的要去看醫生喔。」

小豬抽抽搭搭的點點頭。

小豬！
你買東西買到哪裡去了？
買到現在我們晚餐都吃完了！
他剛才掉到水溝下面去了！
啊？
不過來喜在他身邊，所以他沒事的。
唉呀——是來喜發現你喔？
有要緊沒有？
沒有……

這件事後來經過街坊鄰居口耳相傳一輪，當然又變成了鄉野奇談。

小豬雖然心裡犯嘀咕，但是也不得不承認——要不是來喜來舔他，他可能一個晚上都睡在河堤也沒人看見。

「算了！當事人都不在意了，還管它外面傳什麼！」

只要不要來問他來喜這隻狗有什麼神蹟，小豬都不會有什麼回應的！

靈犬救童

春天來了

Spring is coming

1、幫幫我，我不能被媽媽罵！

中午，小豬放學回家，在巷口阿婆店抽獎攤前，跟同學散盡身上的零錢。

還好小豬還有點理智，說：

「我只剩十塊錢了，不能再花了！」

讓我中大獎吧！
開——
你還要再抽嗎？
我剩下的錢還要去買色紙呢……
兩個普獎，汽水糖各一顆。

兩人從阿婆店抽身，才發現自己只是貪圖中大獎的快感，所以花了錢又浪費時間，看著手上一堆抽來的零散糖果，想吃的興趣也不大，就分一分裝進口袋，各自回家了。

在阿婆店耽擱太久，路上早就沒有看到任何同校的學生路隊。

「完了，太晚回家媽媽一定會發現我是跑去抽糖果的……」小豬馬上加快腳步奔回家。

「媽媽之前就說過，要是再讓她看見亂買糖果就要扣零用錢！」

小豬越想越緊張，心跳跟腳步一樣快了。

巷子走到最底就是上山的第一道階梯，小豬遠遠就看到王媽媽家對面的張姐姐，讀六年級的張姐姐是那種功課很好，沒事都不會出門的好學生。

自從上次她家遭小偷之後，都一直沒有後續的消息，雖然有從奶奶那裡聽來的二手消息，但是還是問問當事人才是最準確的，順便也可以當面安慰她，盡一下做鄰居的道義責任。

而且也可以順便給張姐姐一些汽水糖，免得回家被媽媽發現褲子口袋有鼓鼓一大包糖果就慘了。

小豬遠遠的喊了一下張姐姐，她沒聽到，所以小豬馬上衝上樓梯。

往她家的方向看過去沒人！「咦？怎麼右邊路上沒人？」

往中間的叉路看過去，哇！張姐姐正跟一個同校的男生要拐過

巷子，兩個人頭
還低低的……
重點是有手
牽手……。
張姐姐！
喔——
談戀愛！

「喔——難怪我喊那麼大聲都沒聽見，不直接回家……」

小豬走到了路口，他又想起這是一條有點危險的路徑：「往那邊走，待會繞過山頂再下來，就會碰到來喜的！」

「啊！現在是我會先碰上來喜哩……」

回家吧——
嗑
嗑
嗑
……
老天爺幫幫我！
讓來喜沒聽到我的腳步聲。

小豬垂頭喪氣的走上山路。

靠近王媽媽家時，遠遠就聽到來喜在門檔後面蓄勢待發的低吼聲。

從前山回家這是必經之路，若要繞道後山得花更多時間，所以還是忍一忍衝過去吧！

這是每天必經的考驗！躲不過就勇敢的走過去吧！

雖然也怕狗咬人，不過選擇後就要有心理準備。

小豬放慢腳步，輕輕移動步伐，深怕驚擾到門內的那隻畜生……

就快要闖過鬼門關了……但想不到來喜更賊！

拜託，拜託！
我要快點回家！
喝！
嗚──

小豬嚇到閃到牆邊不敢動！

「媽咪呀！」

「沒有大人在，所以來喜才會這麼囂張，怎麼辦？怎麼辦？這樣一耽擱，待會就會更晚到家了。」

「張姐姐咧？她不是從後面繞過來？應該兩、三分鐘就到了呀！怎麼還沒出現？」

「難道眞的跟男同學去談戀愛了？」

汪汪！
媽呀！
張姐姐妳也該從後山繞來了吧？救我呀！

「碰！」不遠的地方有木門關起來的聲音。

「媽，我回來了！」圍牆後面屋內傳來張姐姐甜美的聲音。

咦？張姐姐竟然是從她家後門回家！所以根本不會繞到前面來嘛！

「這下怎麼辦！怎麼辦？」小豬體內的腎上腺素不斷飆高，心臟病快要發作了！

「毀了！毀了！超完美計畫破局。再耽擱回家時間，一定會被媽媽抓到！救人喔！」

「死狗、臭狗！壞來喜……」

「來喜！」

小豬的身後傳來一聲如天使般的聲音。

狗畜生見到主人回來，馬上搖尾巴裝乖巧，頭低低的快磨到地上，尾巴左右搖到快搧出風了！王家的哥哥阿明，比小豬大一個年級，他也這麼晚回來！

來喜瞬間變臉的樣子……真是狗腿！

小豬霎時明白「狗腿」這個詞的由來……

救星出現，眼前危機馬上解除，上演的是家庭和樂團圓戲碼。

小豬的地位瞬間由可以被欺負的路人，變成要被尊重的主人朋友，

小豬看到來喜含笑對著自己猛搖尾巴。

阿明哥說：「我下午要去釣魚，待會吃完午飯要在前面那塊地挖蚯蚓。你要不要來？」

有人帶頭玩，小豬當然很高興跟著去，連忙答應：「好哇，好哇!待會見!」

來喜就跟著阿明哥進了屋內。

小豬把汽水糖全部交給阿明哥代管，言明下午再過來拿。

BYE
先放你那邊，下午我過來時再還給我喔……
耶！棒透了！
媽，我回來了。下午阿明哥要帶我去釣魚喔！

草草吃過午飯，再跑來找阿明哥。

阿明哥已經拿著鏟子，在他們家隔壁圍牆的芭樂樹下挖土找蚯蚓，來喜也在一旁服侍主人。

「阿明哥只有帶鏟子……應該沒有把糖帶在身上吧……算了，待會再跟他要。」

阿明哥沒表示，小豬也就默默的拿起鏟子跟著挖土。

兩人右邊過去三公尺，就是鄰居張姐姐家今天進去的後門。

張媽媽對著幾個工人說：「後門邊上的大樹樹幹已經修整完畢，待會把鋸下來的枝葉都移到走道對面的石頭空地去堆放。」

阿明哥和小豬蹲在地上挖蚯蚓，不過兩人的目光都會不自覺的飄向對面的工人，來喜更是看得目不轉睛。

來喜跑前跑後興奮得很，阿明哥怕來喜跑過去會被樹枝掃到，所以一直拉著牠、喊著牠，不讓來喜太靠過去。

不過來喜不怕死，樹枝在地上拖行的沙沙聲讓牠更興奮！

阿明哥拉牠的腿、尾巴，或是用腳絆住牠都沒效，來喜反而以爲是在跟牠玩。

幫我看著牠。
還跑！
嘿——
還玩上癮哩——
待會換你抓住牠。
啊，我可以嗎？
放心啦，有我在牠不敢咬你的。
啊——這次該我！

沒事！膽量增生了一點，這次抓牠後腳。

大大的一把抓過去，來喜馬上回頭，嘴唇上翻露出憤怒的牙齒，蹲在地上的小豬嚇死了，馬上雙手抱頭背向來喜。

來喜當然毫不客氣的從屁股咬下去！

還好主人在旁邊不敢太囂張，咬一下馬上

鬆口。

「哇！」小豬馬上站起來逃開，拉下褲子檢查傷勢，還好只有破皮，沒流血……不然就要跟哥哥一樣拖去醫院打破傷風的針了！

看到這幕情景，旁邊兩個工人差點沒笑死。來喜知道自己闖了禍，一溜煙就逃跑了……

阿明哥問小豬：「要不要緊？」還好不嚴重，小豬就跟阿明哥去他家裡擦碘酒。

2、秘密基地裡的秘密事情

擦完藥，兩人閒著沒話說。小豬看到原來汽水糖就擺在桌上，便招呼著阿明哥一起分享。

「還要去溪邊釣魚嗎？乾脆就在家裡附近玩一玩就好了！」看一看窗外砍樹工人走了，兩人就去樹枝堆裡面玩。

新砍下來的樹枝切口還濕濕的，緩緩流著透明的樹液，散發出青澀的木頭味，夏天的蟬特別愛這種味道。

……
你看樹枝都堆在空地上。
我們去弄一個樹洞出來好不好？
等一下。來喜不會躲在那裡吧？
牠知道牠闖禍了，不會出現的啦！
來吧，
我們開始囉。
噢……

「爲什麼我每次經過你們家，來喜都要出來嚇我？」

「啊？哈哈……」阿明哥不好意思的笑了。

「來喜把我家前面那條路跟家裡當作是牠最重要的守護區域，所以每個經過門前的人牠都要審核一下，遇到比牠弱的小孩，牠都會吼一下宣示自己的主權，守護好家園是牠最重要的責任。那條路之外的地方，只要是牠可以看到的區域都是牠的地盤，有任何動靜牠都會很注意，沒事也會到處巡邏，撒尿做標記。」

「喔……」小豬才明白：

「原來在十公尺之外，來喜就已經注意到我的腳步聲，才會算準了時機衝出來嚇人。

之前我跟哥哥被牠追，也是跑出牠的地盤，牠就不敢囂張，也不會再追過來。」

交纏在一起的樹枝拖起來很費力，小豬用盡吃奶的力氣，弄得全身是汗，好不容易才分出來一個凹槽。還好上完才藝班的哥哥也一起加入，馬上超有效率的弄出一個缺口出來。

哇！有樹汁的味道，好香喔！
好了，這樣就差不多了。
由裡面看出去的天空好不一樣喔。
對吧！
還可以一邊吃糖果……好舒服喔。

夕陽緩緩下山，可以容納三個小男生的秘密基地終於完成。坐在有木頭香的樹洞裡，彷彿隱身在另一個神秘世界，亂有成就感的。

小豬奉獻出汽水糖，糖果的滋味甜在心裡，心神舒暢多麼享受呀！

大大的吸一口樹木芬多精，「哈——」

晚餐的時間要到了，家家户户煮飯炒菜的味道飄散在空氣裡。

「也應該要回家洗澡了。拜拜！」

反正樹枝也要等一段時間才會燒掉，三人就相約明天一定還要再來這邊玩。

第二天，小豬早早就回家，先把功課寫完，等哥哥回來，就約了阿明哥一起去秘密基地。

快點，我們帶零食、糖果來了。
你們先去吧，我放好書包馬上來！
！

三人相約入洞，發現裡面有東西——是來喜跟一隻母狗！

兩隻狗疊在一起，來喜趴在母狗身上，

狗狗見到有人靠近，人跟狗都很驚訝！

「啊……！」

哥！牠們在……在……
在交配啦！就是要生小狗啦——
噢……
真是的！做這種事也不會找沒人的地方做。
牠們也以為這裡沒人，才會被我們嚇一跳呀。
噢嗚…
不要去破壞人家的好事，我們回阿明家吧。

小豬第一次看到來喜露出尷尬的神色……

「跟牠平時耀武揚威、齜牙咧嘴的樣子都不一樣……沒想到牠也會有這樣困窘的時候。」

小豬只知道動物交配會生小孩，今天第一次實際看到眞實狀況是這樣。

以前只有看過電視上螳螂交配，母螳螂還會吃掉公螳螂……

「哥哥曾經問媽媽我們是從哪裡來的，媽媽都會說是在路邊垃圾桶，或是菜園撿的……」

「……原來媽媽也是因爲害羞……」

三個人都覺得這是害羞的事……

眞是目睹了一場動物奇觀。

所以什麼都沒說，就各自懷著心事回家。

大家都知道，狗狗也有私人的生活空間，也應該要被尊重的。

張姐姐跟男同學的事，小豬也沒跟任何人說。那是人家的私事，心裡告訴自己不要太好奇，沒有在意當然也不會記很久，所以一下就忘記了。

因此，沒人知道這是張姐姐純純的初戀，至於後續發展是怎樣，也只有她的日記知道。

不久之後，小豬發現母狗帶了一堆小狗在山上繞。

這才想起來，之前來喜跟母狗……

喔——原來小狗眞的是這樣生出來的，小狗身上的花色還跟來喜很像呢！

喬遷之喜

House Warming

1、驚奇的一天

雖然之前就聽阿明哥說新家即將落成，但沒想到現在真的搬走了。

小豬站在王媽媽家門前，望著空空的庭院，心裡有些怪怪的，覺得很不習慣。

平常每天上下課經過這個路段，皮都要繃很緊，現在突然沒了威脅——天下太平，就要一路平順無聊的走回家……多乏味呀！

「你在看什麼呀？」親切的阿明哥出現在小豬身旁。

「啊！我在看有沒有人在家呀……阿明哥，你們是不是就不會回來住了呀？」小豬好奇的問。

「不知道耶……反正房子還沒賣之前，隨時都可以回來呀！」

「喔……」意思就是以後會很少看見你們一家人就是了……

「那你今天怎麼只有一個人回來？」

「我是來接你奶奶去我們家吃飯的呀！我們搬新家，今天請大家吃飯呀！你忘啦？你不是也要來的？」

「哇！」小豬眞的忘了。馬上三步併作兩步，趕快跑回家。

奶奶早早就在客廳等候，要小豬穿戴整齊再去王媽媽家做客。

小豬，你回來啦！
趕快來換衣服。
哇，今天不是去吃喜酒吧——
王媽媽家喬遷之喜，去當客人當然要穿得隆重一點！
……原來，重點是要襯托奶奶的新衣服。

喬遷之喜要請客，阿明哥還特地來小豬家，幫奶奶帶路。走到山下的社區，踏進中庭，看見一整排整齊的新房子。

奶奶問阿明哥：「新家是哪一間呢？」

阿明哥說：「只要聽我家的狗叫聲從哪兒傳來，就知道了呀！」

阿明哥親切的喊了一聲：「來喜！」

小豬看到來喜從二樓陽台跳起來，

奶奶開心的笑起來：「原來是在這邊的二樓呀，來喜眞興奮啊。」

喔……原來
是那裡。
汪汪汪汪汪！
來喜！

看到來喜的耳朵在圍牆後面一起一落，小豬也來打招呼：

「來喜，我們來了！你知道我是誰嗎？」

來喜聽到軟腳蝦小豬的聲音更是興奮，跳得更高，越過了圍牆……

就像以前在舊家跳出門檔那樣，可是現在是在二樓……

陽台外面不是平地……

狗狗不像貓會在空中轉身翻觔斗，來喜就呈一直線快速落下，

「咚！」

碰撞到地面後，就剩一隻腿高舉在半空中抖動……

來喜當眾表演跳樓，所有人都嚇一大跳！

時間過了幾秒——

!
噢嗚——

來喜沒有爬起來，抖動的那條腿也癱軟下來。

阿明哥慌了，趕快過去查看，小豬遠遠看到地上有血跡！

阿明哥情緒很激動，眼淚撲簌簌的掉下來，他立刻趴在地上幫來喜做口對口人工呼吸。奶奶跟小豬都看傻了，「人工呼吸耶……」

奶奶著急的吩咐小豬：「快去打電話叫救護車！」

小豬正準備跑去打電話，可是又想到：「不對呀！救護車只載人，會載狗嗎？奶奶……」

「那怎麼辦？」

「動物醫院也沒有救護車可以叫……」所以阿明哥只好抱著來喜坐計程車去獸醫那裡……

計程車！
噗！
噗！
計程車！
到獸醫院！
奶奶——

來喜到了醫院，經過醫師診斷，牠的傷勢滿嚴重的……

阿明哥很難過，我們也不知道該如何安慰他。

醫生說

還有救！

只是要住院很久……

小豬跟奶奶離開了醫院，彼此有點感傷的走著。

奶奶，我不知道怎麼安慰阿明哥耶……
有時候就陪他難過吧─
現在不知道怎麼辦，也許明天就想到了呀。
唉……現實如此，我該怎麼辦？我可以做什麼才幫得上忙呢？
真傷腦筋……
小豬，你也想一想吧！
喔……

哥哥在山上，忙著抓來喜的小狗。

奶奶怕來喜掛點，說這隻忠狗好的血統一定要延續下去。王媽媽家就多了一隻來喜二世。另外還有三隻沒有進王媽媽家，母狗不見後就在山上亂跑。

雖然小豬不喜歡來喜，但是小狗還滿可愛的，所以偶爾會去餵牠們一下。

每次把小狗抱到眼前，小狗都會友善的舔小豬的臉頰和嘴巴，小豬也會和牠們磨蹭鼻子，或是幫牠們梳梳毛、搔搔癢。

2、養狗？讓我想一想！

小豬常常想，阿明哥一定很愛很愛來喜，
把牠當一個人，甚至是當家人的關係來對待，
所以才會這麼親密；
要是他，他雖然也愛狗狗，
但是一定不會跟狗狗做口對口人工呼吸。
他會親爸爸、親媽媽，甚至幻想以後也會親女朋友，

跟狗狗可以玩的時候碰一下嘴巴，但這已經是最大的限度了，

碰完之後還得趕緊將口水擦乾淨。

小豬搞不清楚跟動物相親相愛的界線應該到哪裡，才不會太超過。

最差的關係是不理那些流浪狗，甚至欺負牠們！

那最好的關係呢？

也許就是阿明哥與來喜的關係吧……

老師說救起溺水的人要實施口對口人工呼吸。那對狗狗呢？

鄰居阿婆答得很妙：「跟狗對親很奇怪，我打死都不會做！最多是叫獸醫做，因為他們是專家……」

奶奶說：「狗狗就是穿了動物衣服的小孩，而且一活十幾年，也都還是長不大的小孩。

「這就是人跟動物不一樣的地方。」

「所以一定要愛護牠們，跟照顧自己家的弟弟妹妹一樣。」

既然小狗像小孩，那麼應該怎樣對待牠們呢？

我問媽媽，媽媽說：「我對小孩會怎樣？愛他呀，因爲孩子的成長只有一次。」

「那別人家不認識的小孩，媽媽也會愛嗎？」

媽媽噘著嘴回答：

「每個人都愛……那會很忙喔，他們有自己的家人愛就好，不必我雞婆。」

「比較負責任的說法是：我愛我們家每一個人，而且說到做到。所以媽媽即使每天要上班，也是早餐、晚餐都幫每

個人弄得好好的。中午爺爺奶奶會自己煮，不過只要是媽媽在家，媽媽都會照顧到每一個人。雖然很累，卻是媽媽該做的！」

「如果媽媽做不到還硬説可以，那就是不負責任了。後面一定會有數不清的爛攤子……」

「所以你問那麼多……到底是要問什麼？你是要問養來喜的小狗的事？」

「知子莫若母，媽媽果然是江湖

狠角色，馬上就猜中我的心事。」

媽媽很慎重的回答：「既然你問了，媽媽就回答你——不行！」

「家裡空間不夠，而且連狗也要媽媽來照顧的話……媽媽恐怕會吃不消。」

「但這只是媽媽的意見。你自己去決定要不要養！你也到可以自己做決定的年紀了。」

「但是決定之後，就要自己負責囉！」

「如果你要養，就

得自己去照顧狗狗的一切生活瑣事。這是責任，所以即使累也不能喊停，要好好養牠，直到牠老死爲止。」

小豬臉上三條線，原來狗狗不能隨便說養就養，還要負這麼多責任喔……

「原來養狗這麼辛苦……」小豬忍不住抱怨。

「養你們兩兄弟一樣很辛苦呀！爸爸、媽媽還不是熬過來了！」

「我可沒有把你們隨便丟到路上或孤兒院喔！」

「養你們比養狗更辛苦，還要養你們到成年滿十八歲耶……唉，早知道我就不結婚了！」

「好啦！你自己去想想要做什麼樣的決定，爸爸媽媽都會尊重你；但是做了決定之後就不能反悔喔，慢慢想吧！」

「噓！別吵！」

小豬，一個小學二年級的小朋友，正在思考他人生重大的決定。

附錄

你適合養狗嗎？

1．好處

＊多一個互相陪伴的好朋友。小狗像活的玩具、大狗像小孩，並不是能讓你抒發心情的好朋友。

＊培養愛心與耐心。有其他方法可以培養，不見得要用這種方式。養小狗是種責任。

＊家人間的潤滑劑，讓家庭氣氛和諧愉快。教養

問題也常成爲家人間的爭執點。

*三代同堂再加一隻狗，讓家庭更完整。

*防盜、嚇走小偷。小狗只能唬唬人，大狗會嚇到家中小孩。

*增加家庭活力。

*培養照顧的習慣。

2.壞處

*有狗臊味，會亂吠叫，太吵太髒鄰居會抗議。狗臊味有很多處理方法，例如空氣清淨機；太吵可以訓練；爲改善鄰居的觀感，需要更敦親睦鄰。

＊狗不爽時會被咬。有教養的狗，是不會亂咬人的。

＊飼料、預防針都要花錢。非常同意，養一隻小狗，每月平均開銷約2—3千元。大狗另計。

＊每天一定要遛狗。爲了讓狗狗不會因爲心情鬱悶而亂咬、造反，遛狗是必要的。因此，從今起得調整作息。

＊處理屎尿很煩。不管是訓練成在家或在外大小便，久了就習慣了，一點都不煩，是每位飼主心甘情願的事。

＊一旦走失或死掉會很難過得要死。牠帶給我們的快樂，將遠大於因失去牠們所得承受的。

＊空間不大養狗，大家都不快樂。所以，家裡空間小不要養大狗。

＊出國或長期不能回家時，得想辦法請人照顧。

＊小狗需要人抱抱，大狗需要人陪牠玩，一定要撥出時間陪伴牠們。

＊家人如果不愛狗，將陷入二選一的窘境。

＊狗狗的飼養需要學習，得同時花時間吸收新知，例如如何判斷疾病、注意營養等。

＊狗狗身上免不了有一些寄生蟲，體質不佳或容易過敏的人，千萬不要嘗試。

＊養了之後，得花更多時間與精力清掃家裡。

3．外在環境

＊咬到鄰居要賠錢陪罪。所以，一定要花時間教狗，再者，盡量不要養凶猛的大狗。

＊跟鄰居家的狗打架要賠錢。賠錢事小，如果鄰居因爲被咬生病受傷，才是眞的麻煩。

＊跟鄰居家的狗亂生小狗要處理。可以的話，盡早結紮。

＊鄰居要是不愛狗，會處不好、生嫌隙。鄰居沒得挑，只能盡量敦親睦鄰。

＊住家附近最好能有地方遛狗，例如空地或車少的街道。

4・共同願景

＊陪伴成長，擁有美好回憶。

＊學習照顧小動物，尊重生命。

＊家中多一個開心果。

＊純真無邪的牠們，常能讓我們感受許久不曾在人身上出現的善良。

＊養狗，只要對牠好，牠永遠黏著你。交男友，就算對他再好，還是可能會跑掉。

後記

張放之

我參與做兒童勵志書已有好幾年，耳濡目染之下，知道寫小說故事該怎麼安排情節起伏、如何催淚、怎樣的結構是在市場上吃得開……

老闆也曾慫恿我寫小說……可惜我覺得自己不是這塊料。

因為我每次都自嘲說這是什麼故事情節！瞎成這樣！

不過真的有小學生會買哩……

寫不出像《汪洋中的一條船》那樣可憐感人的故事，要進入兒童市場又要能受家長、老師認可……不如就改走開心路線！

哭不出來，那就開心的笑吧！

所以我把小時候某些生活經驗移植出來，寫出《鄰犬來喜》這篇故事，起初是要寫成畫漫畫的故事大綱，反應還不錯，漫畫還有獲得新聞局劇情漫畫獎喔！

童趣的故事，也不全是瞎搞胡鬧，主線是描寫小孩子與鄰居惡犬的生活故事；不過背後夾藏了整個故事的主旨——是討論界線與責任。

要養狗人人都可以養，但是自己適合養狗嗎？

小朋友跟家長在養狗之前是不是有認真的思考一下？所以，我在附錄做一張「你適合養狗嗎？」的心理測驗評量表。

這本書的故事是虛構的，小朋友看故事開心就好，閱讀的樂趣就是這樣，不用想太多，會讓你笑最重要！

但是會思考的人就請來想一想，自己對狗狗的責任在哪兒？跟狗狗之間可以有的關係界線又在哪兒？

想不出來……那就別想了，

因為長大了自然就會懂！

好好讀

鄰犬來喜

2010年1月初版　　定價：新臺幣260元

著　　者	張放之
繪　　圖	張放之
發 行 人	林載爵

出版者	聯經出版事業股份有限公司
地址	台北市忠孝東路四段555號
編輯部地址	台北市忠孝東路四段561號4樓
叢書主編電話	(02)87876242轉221
總經銷	聯合發行股份有限公司
發行所	：台北縣新店市寶橋路235巷6弄6號2樓
電話	：(02)29178022
台北忠孝門市	：台北市忠孝東路四段561號1樓
電話	：(02)27683708
台北新生門市	：台北市新生南路三段94號
電話	：(02)23620308
台中分公司	：台中市健行路321號
暨門市電話	：(04)22371234ext.5
高雄辦事處	：高雄市成功一路363號2樓
電話	：(07)2211234ext.5
郵政劃撥帳戶第0100559-3號	
郵撥電話	：27683708
印刷者	文聯彩色製版印刷有限公司

叢書主編	黃惠鈴
編　　輯	王盈婷
	呂淑美
	劉力銘
校　　對	鄭秋燕
整體設計	freelancerstudio

行政院新聞局出版事業登記證局版臺業字第0130號

本書如有缺頁，破損，倒裝請寄回聯經忠孝門市更換。　ISBN 978-957-08-3527-4 (平裝)
聯經網址：www.linkingbooks.com.tw
電子信箱：linking@udngroup.com

國家圖書館出版品預行編目資料

鄰犬來喜/張放之著/繪圖．初版．
臺北市．聯經．2010年1月（民99年）．
168面．14.8×21公分．(好好讀)

ISBN 978-957-08-3527-4（平裝）

859.6　　98023821